L'Empreinte mystérieuse

D'après la série télévisée réalisée par Eric Weiner
Adaptation : Christine Ricci
Illustration : Susan Hall

Albin Michel

D'après la série télévisée Dora l'Exploratrice

Publication originale Simon Spotlight / USA 2003,
imprimé par Simon & Schuster Childrens Division, New York.

© 2004 Viacom International Inc. Tous droits réservés.
Nickelodeon, Dora L'Exploratrice, et tous les autres titres,
logos et personnages qui y sont associés sont
des marques de commerce de Viacom International Inc.

Traduction française :
© Éditions Albin Michel, S.A., 2007 / Philippe Mestiri
Éditions Albin Michel
22, rue Huyghens, 75 014 Paris
www.albin-michel.fr
ISBN 978-2-226-15326-5
Achevé d'imprimer en Italie
Dépot légal : Janvier 2005

Bonjour ! Je m'appelle 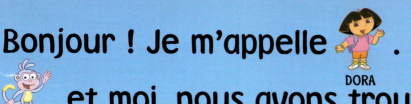 DORA.
BABOUCHE et moi, nous avons trouvé des EMPREINTES dans le BAC À SABLE. Je me demande qui les a laissées...
Le sais-tu ?

Est-ce moi qui ai laissé ces
EMPREINTES

Non, mes pieds sont trop petits.

Ces  ne sont donc pas les miennes.

EMPREINTES

Est-ce BABOUCHE qui a laissé ces EMPREINTES ?
Non, ses EMPREINTES ont une forme ovale. Ce ne sont donc pas ses EMPREINTES.

Bonjour, !
GRAND POULET ROUGE
Est-ce toi qui as laissé ces
EMPREINTES

Non, ses pattes ont trois doigts.
Ce ne sont donc pas ses empreintes.

Est-ce le CHEVAL qui a laissé ces EMPREINTES ?

Non, le cheval a des  FERS À CHEVAL sous ses sabots. Ce ne sont donc pas ses  EMPREINTES.

Est-ce le CROCODILE qui a laissé ces empreintes ?

Non, le  a de longues griffes.

Ce ne sont donc pas ses .

Est-ce le qui a laissé ces ?

LAPIN

EMPREINTES

Non, le lapin a deux grandes pattes et deux petites pattes.

Ce ne sont donc pas ses .

Est-ce le 🐍 (SERPENT) qui a laissé ces 👣 (EMPREINTES) ?
Non, le 🐍 (SERPENT) n'a pas de pied !

Il glisse sur le sol.

Ce ne sont donc pas ses .

As-tu vu CHIPEUR ? Est-ce CHIPEUR qui a laissé ces EMPREINTES ?

Non,  est sournois !
Il marche sur la pointe des pieds.
Ce ne sont donc pas ses .

Les 🐾 nous emmènent
EMPREINTES
tout droit vers la plage !

Elles passent à côté des 🐚 COQUILLAGES et vont vers le 🏰 . CHÂTEAU DE SABLE

Maintenant as-tu deviné qui a laissé ces EMPREINTES ?

C'était <totor> ! Il a marché jusqu'à la plage avec ses nouvelles <palmes> !

Super ! C'est gagné !
Nous avons découvert
qui avait laissé ces ！
EMPREINTES